Die Muse

ein Kurzroman von

Paul Riedel

www.paul-riedel.de

©Paul Riedel, München 2016

Printed in Germany

Umschlag: © Paul Riedel, München 2016

Lektorat: Michael von Sehlen, Minden 2016

Erste Auflage 2016

Zweite Auflage 2018

Bibliografische Information der Deutschen
Nationalbibliothek: Die Deutsche Nationalbibliothek
verzeichnet diese Publikation in der Deutschen
Nationalbibliografie; detaillierte bibliografische Daten
sind im Internet über dnb.dnb.de abrufbar.

© 2018 Paul Riedel

Herstellung und Verlag

BoD – Books on Demand, Norderstedt

ISBN: 978-3-7528-9542-1

Paul Riedel

Geboren am 27. Mai 1960 in der brasilianischen Stadt Sao Paulo als Paulo Sergio Riedel, benutzt er als Künstlernamen den Namen seines Urgroßvaters.

Seit er 1972 an seiner ersten Ausstellung in der Stadt Peruibe teilnahm, sind seine Aktivitäten in der Künstlerszene ebenso zahlreich wie vielfältig.

Über die Karriere als Maler, Fotograf, Sänger oder Tänzer hinaus hat er den Wunsch, seine Fähigkeiten in allen Kunstrichtungen zu zeigen.

Heute lebt Paul Riedel in seiner zweiten Heimat München.

FSC
www.fsc.org

MIX

Papier aus ver-
antwortungsvollen
Quellen
Paper from
responsible sources

FSC® C105338

Vorwort

Vorurteile sind Teil des Sozialisierungsprozesses des Menschen. Egal welcher Nation, welchen Alters, egal welcher Rasse oder welchen Glaubens: Wir sind nicht frei davon. Einige sind durch Übermut, Neid oder einen anderen Impetus verursacht.

Einige Forscher, Psychologen und Soziologen erklären diesen Teil unseres Verhaltens als Schutzmechanismus, sei es gegen Fremde oder die Umwelt allgemein. Egal wie man es betrachtet, ob Altersunterschied, Geschlechter oder einfach Herkunft, Vorurteile sind ein Teil des menschlichen Verhaltens und wir kämpfen täglich damit, dass unsere eigenen oder die von anderen unsere gesellschaftliche Entwicklung nicht hindern. In einer Welt, in der die Kulturen sich nicht mehr über Bücher begegnen, ist Toleranz, als Teil unseres natürlichen Widerstands, zur Mangelware geworden.

Keine zweite Chance für den ersten Eindruck ist ein Volkszitat, das die bei uns herrschende Denkweise bestätigt, jedoch kann man nicht selten die Leistungen und Qualitäten eines Menschen erst auf den zweiten Blick erkennen oder erst dann zu einem sicheren Urteil kommen.

In den Sozialmedien prallen die Meinungen in Pro- und Contra-Argumenten zu Themen aufeinander, die zum Teil banal sind. Sei es Religion, Tierhaltung oder Mode, fast jeder zweite neigt dazu, seine Gegner zu beschimpfen oder zu verunglimpfen, als Stressreaktion gegen die Informationsflut. Meinungen werden auch manipuliert, in den Marketingagenturen geben unzählige Pseudo-Identitäten vor, ein Mitbürger zu sein.

Ich suchte dabei die allgemeinen Merkmale von Vorurteilen, und sogar, wenn man auf dem Papier eine genauso perfekte wie wünschenswerte Persönlichkeit frei von Vorurteilen konstruieren kann, bleibt uns leider die Wahrheit, dass unsere Evolution noch lange nicht zu Ende ist.

Da wo unsere Rationalität uns hilft, sind wir uns einig, dass Vorurteile keinen Sinn machen, aber das Denken ist meistens erst der zweite Schritt.

In dieser Erzählung erfährt der Leser etwas über die Hintergründe des Kunstmarktes und die Schwierigkeiten bei der Organisation von Ausstellungen. Viele Einsteiger halten es für selbstverständlich, dass man bei seinem ersten Bild die Leistungen von anerkannten Künstlern beanspruchen kann. Die meisten stellen sich vor, dass man durch Ausstellungen entdeckt werden kann. Jedoch verlangt der Markt nach Erfahrung und Bekanntheit, die ohne Anstrengung nicht selbstverständlich sind. Auch die einfache Zusicherung einer Verkaufsprovision kann die Mühe von Kuratoren und Kunsthändlern nicht decken, weil auch Verkäufe von Kunstwerken entscheiden, ob ein Kunststück ein Dekorobjekt ist oder eine Investition.

In meinen Recherchen habe ich auf die Erfahrung einiger meiner Kollegen zurückgegriffen. Ich bedanke mich von Herzen für die langen Interviews. Die Erfahrungen, von denen hier erzählt wird, wurden von mehreren der Befragten bestätigt, was uns fröhliche Stunden beschert hat.

Als Künstler habe ich einiges davon selbst erlebt, was auch diese Erzählung schmückt.

Dieser Kurzroman bringt sowohl die psychologischen Aspekte wie auch die fachlichen Hintergründe der Szene zur Sprache, was Kunstinteressierten einen besonderen Einblick ermöglicht.

Mittag

Die Galerie war noch für das Publikum geschlossen, als Myrte ankam. Die Mittagssonne tat sich schwer, durch die Ultra-violett-Filter der Fenster zu kommen, was der Galerie ein schweres, kühles Licht verlieh. Bilder und Statuen lagen perfekt platziert an ihren Stellen unter einem schweren Duft von ausgepackten Pappkartons. Die frisch gestrichenen weißen Wände waren makellos und die Lampen perfekt ausgerichtet. Neben jedem Objekt waren die Daten der Künstler und der Preis des Werkes zu lesen.

Myrte, eine schlanke blonde Frau, die bereits Ende dreißig war, litt bereits an einigen vorzeitigen Krähenfüßen. Flüchtige Beziehungen zu fast zu soft Männern kamen und gingen in ihrem Leben, doch keinen ließ sie an ihrem Leben teilhaben. Emotionen verursachen mehr Stress, den ein Karrieremensch meistens nicht gut gebrauchen kann. Sie war von mittlerer Statur und ihr Aussehen harmonierte sehr gut mit dieser Branche. Obwohl sie fast an Untergewicht litt, hatte sie einen etwas zu hohen Blutdruck, der ihr an solchen Herbsttagen Kopfschmerzen bereitete. Sie arbeitete wie andere in der Kunstvermittlung als Selbständige und erkämpfte ihr Einkommen mit Kunstprojekten, bei denen sie insbesondere für gute Verkaufszahlen bekannt war.

Sie begutachtete ihre Arbeit und war sehr zufrieden. Die Galerie in der Ludwigsstadt sah alle drei Monate wieder so aus, wenn sie für die Organisation einer Ausstellung dorthin bestellt war. Sie arbeitete bereits über sieben Jahre in der Branche und obwohl ihre Organisation perfekt war, fühlte sie sich jedes Mal, als wäre es ihr erster Arbeitstag. Jeder Lieferant hat andere Vorstellungen und jeder Künstler war ein spezieller Fall. Nicht zu vergessen, dass auch jeder Galerist eine andere Art von Geschäftsperson war. Herrn Brenner, den Galeriebesitzer, hatte sie bisher nur selten persönlich getroffen.

Die Galerie lag nah des noblen Museumsviertels der Stadt München und Parkplätze waren wie überall in der Stadtmitte kaum oder gar nicht verfügbar. So musste Myrte mit dem öffentlichen Nahverkehr fahren und dabei einige Mappen und ihren Laptop mitschleppen.

Herr Brenner war eigentlich selten zu sehen und seine Türen öffneten sich nur für vier Stunden am Nachmittag. Er galt als exzentrisch. Die Kosten für Geschäftsleute in München stiegen stets und die Verkäufe waren sehr schwer einzuschätzen, vor allem wegen der Internet-Konkurrenz.

An dem kommenden Abend sollte das zehnjährige Bestehen der Galerie gefeiert werden und reichlich Prominenz war eingeladen. Die für diese Ausstellung ausgesuchten Künstler waren nach ihrer Ansicht ein Haufen Banausen, aber die Objekte waren günstig und voraussichtlich leicht zu verkaufen. Gute Künstler waren in den Museen und Pinakotheken bereits bestens untergebracht und entsprechend teuer. Sie hatte in den letzten vier Wochen in Marketing investiert und so erhöhte sich der Bekanntheitsgrad der Galerie und des Projektes, dessen Leiterin sie war.

Das Hauptproblem, das sie mit solcher Klientel von Einsteigern hatte, war, dass die meisten versuchten, ihre

Rolle in der Verhandlung mit dem potenziellen Käufer zu übernehmen und ihre Provision einzukassieren. Verabredungen mit Visitenkartentausch oder die Suche von Künstler-Websites sind auch ein Hindernis für den Künstler selbst geworden. Es waren für sie keine Künstler, sondern Kaufleute, die Kunst als Hobby betrieben.

Spirituelle Malerei, Erfahrungen aus der Entzugsklinik oder Personen, die nach einer erfolglosen Karriere in einer anderen Branche dachten, mit einem Einmal-Set zu einer Entdeckung in der Kunstszene mutieren zu können. Das waren die häufigsten Hintergründe der ausstellenden Personen. Einige davon, die bereits als Hellseher, Drogensüchtige oder Sozialproblemfälle zu bekannt waren, musste sie ausschließen. Vor der Zusage an einer der Teilnehmer waren zahlreiche Recherchen im Internet vorgenommen werden, auf der Suche nach nicht existierenden Galerien oder in der Aufdeckung von gefälschten Ehrungen oder Titeln.

Es war für sie ein bunter Haufen, aber sie waren flüssig und konnten besser bezahlen als die meisten eingeladenen Gäste. Sie nannte ihr Konzept „New Art Evolution", was einen New Yorker Flair in dieses Szenario bringen sollte.

Kunst als Investition lebt von der erneuten Vermittlung von auf dem Markt vorhandenen Werken, aber selten von der Beschaffung von Neuem, was viele nur schwer begreifen.

Ihre Strategie hatte sich zuvor bewährt und so war sie sich sicher, eine Vernissage mit einem geringen Plus in der Kasse durchführen zu können. Sie musste nur diesen Abend durchstehen und dann würde sie sich endlich eine

Pause gönnen können. Zwei Jahre ohne jeden Urlaub machten sich bemerkbar. Ihr Rücken schmerzte manchmal in extremer Form und ihre Nerven waren auch etwas angeschlagen. Man konnte sagen, dass ihre Stimmungslage zuweilen schnell umzuschlagen drohte.

Sie schaltete die Lichter ein und bewunderte wieder ihre Arbeit. Sie öffnete die Tür, um sich etwas zu erfrischen, und die kühle Luft drängte sich hinein.

Der große Handel mit Kunst läuft in Bayern in einem sehr engen Kreis. Dort werden selten neue Künstler aufgenommen und Verkäufer werden meistens in der Familie der aktuellen Mitglieder dieses Kreises ausgesucht. Trotzdem versuchte Myrte unermüdlich, auch einmal Zutritt zu diesen Kreisen zu bekommen. Jedoch als Frau und mit ausländischer Herkunft sah sie diese Möglichkeit als äußerst unwahrscheinlich an.

Die Kunstkäufer in München bestanden zu dieser Zeit meistens aus Neureichen oder Touristen. Keiner hatte einen besonderen Kunsthintergrund oder konnte Investitionen in der Kunst schätzen. Leider waren die Kunstanbieter für solche Ausstellungen nur gute Amateure. Am kommenden Abend waren außer zwei ausgebildeten Künstlern nur diese anwesend, die für ihren Platz das nötige Geld beisteuern konnten, und eine vom Galeriebesitzer eingeladene Künstlerin.

Myrte war bereits ermüdet von Standardkommentaren, wie: „Vielleicht, weil ich keine Ausbildung habe …" etc. Bei einem ihrer seltenen Ausbrüche sagte sie unverblümt ihrer Kunstanwärterin, dass sie hoffte, sie würde sich mit dieser Einstellung nicht als Gehirnchirurgin bewerben. Besonders wegen der acht Jahre, die sie bereits an der

Universität verbracht hatte, empfand sie diese Bagatellisierung der Bildung als besonders negativ.

Sie schaute ihren Blog an und dort waren die aktuellen Meldungen, in die sie einbezogen war, zusammengetragen. Einige Blogger äußerten sich negativ über das Konzept, indem sie Myrte als Ausbeuterin der armen Künstler bezeichnete. Aber wie sie in einem Interview erklärte, mussten sich diese Künstler noch auf dem Markt bewähren und Vertrauen von Agenten und Kunden gewinnen. Bei genauerem Hinsehen stellte Myrte auch fest, dass diese Blogger sich selbst vergeblich in der Malerei versuchten, und solche Kritiken waren eher ein Versuch, Kuratoren zu Mäzenen zu machen, was kaum möglich ist.

Es war auch allgemein klar, dass nicht jedes angebotene Kunstobjekt einen Abnehmer finden könnte, und die Kosten mussten von irgendwem gedeckt werden. Ihr Video mit der Stellungnahme hatte mehr Zuschauer als der Artikel der Blogger, was für sie Grund zum Feiern war.

Sie schaltete die Kaffeemaschine im Büro ein und das Geräusch von anlaufenden Motoren und zermahlt werdenden Kaffeebohnen erfüllte den Raum.

Sie überprüfte die Gästeliste und druckte sie aus, um sie auf das Pult am Eingang zu stellen. Neben jeden Namen konnte man Firmenname und Beruf nachlesen. Dies war für sie und ihre Mitarbeiter wichtig, da diese Referenzen zur Kaufkraft des Gastes gehörten. Ein Stern neben dem Namen wies auf einen vormaligen Käufer hin und ein Mond auf einen Abonnenten ihres Katalogs. Ihr Katalog mit bereits vermittelten Werken lag für Interessenten parat. Und bisher konnte sie immer ein früheres Werk erneut vermitteln, was für ihre Klienten dann die Investition in der Kunst sinnvoll machte.

Die Gründe für den Verkauf von Kunstwerken waren unterschiedlich. Ein Käufer war nicht mehr so reich und musste verkaufen, oder jemand starb, es gab viele Anlässe für eine erneute Vermittlung mit guter Marge für den Verkäufer und folglich auch für sie.

Sie rechnete mit einem belebten Abend, aber es war ihr klar, dass das gewagte Konzept auch fehlschlagen könnte. Jedoch war Herr Brenner von dem Konzept sehr angetan und hatte von seinem Assistenten die Verträge aufsetzen lassen und tat seine Begeisterung mehrfach kund. Insbesondere musste aber Myrte ein Objekt einer Gastkünstlerin loswerden. Eine nach Myrtes Meinung Pseudo-Prominente, die sich die Ehrenwerte Sophie nannte, als gäbe es einen solchen Titel. Myrte war sich sicher, dass der Titel gekauft war, und wenn die Ehrenwerte wirklich Sophie hieß, wäre das nicht nur eine Überraschung, sondern ein Wunder.

Ehrenwert ist ein unterer Adelstitel, der in Großbritannien und dessen Kolonien verliehen wird. Das Objekt war ein Gemälde, das nach der abschätzigen Ansicht Myrtes in orangener Farbe förmlich badete. Außer Orange gab es Töne von Karmin, Sepia und Anthrazit, was meistens nach Zufall und dem moderaten Versuch, den Spachtelauftrag Francis Bacons nachzuahmen, aussah. Das Bild war für sie nicht besonders, aber sie gab zu, es war markant. Zur Besonderheit des Werkes zählte auch die eingebildete Bedeutung der Künstlerin und Empfehlung der Auftraggeber.

An der noch offenen Tür klopfte ein behaarter Mann. Sie ging vom Büro in den kühlen Raum und sah den Mann an der Tür. Sein gelbes T-Shirt fiel ungünstig über einen runden Bauch und ließ einen unerwünschten Blick auf seinen haarigen Bauchansatz frei. Die schwarze Hose in Kombination mit seinem Klemmbrett ließ vermuten, dass er ein Lieferant war.

Myrte zog den Stuhl an der Türschwelle beiseite.

„Sie wünschen?"

„Ich bringe die Gläser und Flaschen für den Empfang." Dem Akzent nach zu urteilen ist das alles, was er auf Deutsch sprechen kann, dachte sie insgeheim. Darum zeigte Myrte zuerst mit dem gehobenen Zeigefinger und dann rotierte sie den Finger Richtung nach links, wo die Cateringküche aufgebaut werden sollte. Eine SMS erreichte ihr Handy, was an einem solchem Tag selten etwas Gutes bedeutete. Der Kabarettist ließ sich von seiner Lehrerin, einer Performance-Künstlerin, vertreten.

Kaum machte sich der Lieferant auf den Weg zur Küche, kam Theodor an die Tür. Theodor war einer dieser Menschen, die man nur mit einem Wort beschreiben kann: ein Drama.

Unter einer Wolke aus verschiedenen Baumwollzierschals kam er diesmal sogar drei, wollte er von vorne herein klarmachen, dass für ihn eine sehr große Anstrengung war, für das Geld, was er verlangte, hierhin zu kommen. Als Angestellter konnte man sich ihn nicht leisten, aber als Freiberufler war er mehr als sein Geld wert. Myrte wusste ihre Erwartungen klarzumachen und Theodor war sehr einfallsreich in der Umsetzung. Der kalte Wind begleitete ihn durch die Eingangstür und Myrte spürte ein leichtes Schaudern.

Drama

„Theodor, du fleißiges Bienchen." Drei Luftküsse besiegelten das Vorspiel. Theodor war kaum über ein Meter sechzig groß und er wirkte sogar mit seinen fünf Zentimeter großen Absätzen im Stil der siebziger Jahre weiterhin sehr klein. Eine grüne Baskenmütze deckte die rechte Seite seines kleinen Kopfes und die dunklen braunen Haare waren alle glatt nach links gekämmt. Er benutzte diese Mütze gerne, um zu behaupten, dass seine Familie eine französische Herkunft hatte, da er seine wahre italienische Abstammung nicht für künstlerisch genug hielt. Unter den Schals war ein halb- offener Sweater in Moosgrün zu sehen, passend zu einer dunklen Tartanhose, die er aus Schottland mitgebracht hatte. Aus einer übergroßen Tasche holte er eine Mappe mit der Aufschrift „Brenner Geburtstagsausstellung".

„Ich musste den ganzen letzten Abend durcharbeiten, aber alle Verträge sind geordnet und überprüft. Zwei Teilnehmer haben noch nicht für ihre Plätze bezahlt und zwei werden bestimmt ihre Gelder zurückfordern."

„Wie meinst du das?"

„Liebes, arme Menschen, Sparfüchse und Anwälte sind keine guten Kunden und das solltest du dir endlich merken. Wolfgang Hartmann ist mit seiner Arbeit nicht in der Lage, allein für den Luxus, den er sich leistet, zu bezahlen, und nach dem Jammer, den er veranstaltet hatte, um eine Überweisung in der letzten Minute zu erledigen, sah ich alle meine Warnleuchten angehen." Theodor fuchtelte mit einer Hand und die Mappe mit der anderen, um seinen Vorahnungen mehr Eindruck zu verleihen.

„Die Tante, deren Namen ich nie mir merken kann." Nach kurzem Überlegen setzte er fort: „Egal. Ich sah ihre Website und sie kopiert die afrikanische Phase von Modigliani so schamlos, dass wir uns über Plagiate unterhalten sollten. Nun? Unsere Abbuchung ging schief und dann überwies ein Freund zwar das Geld für sie, aber sie weigert sich, die Bankspesen zu bezahlen. Ihr angegebenes Bankkonto war falsch, oder der Kontoname war falsch. Leuchte, Leuchte, oder?" Myrte lachte und ging durch die leere Galerie zum Büro, während der Lieferant wieder einmal mit einem Rollwagen die Tür rammte.

„Sie soll am Eingang bar bezahlen, oder du packst ihr ihre Scheußlichkeiten unter den Arm und jagst sie fort." Dann sprach sie zwei Lautstärkestufen höher weiter: „Für jeden Schaden an meiner Kliententür werde ich Sie haftbar machen."

Das anschließende Murren des Fahrers hatte sie zwar nicht überhört, ignorierte es aber.

Theodor folgte ihr in seiner unterwürfigen Rolle wie ein Schoßhündchen und zeigte den Lieferanten die Tür mit dem Zeigefinger, um die Beschwerde deutlicher zu machen.

„Du hast diese Ausstellung gut hinbekommen." Theodors Köpfchen drehte sich in alle Richtungen und seine nicht gerade kleine Nase nickte mehrfach Zustimmung.

„Du lieber Himmel!" Er legte seine freie Hand auf die Brust, als hätte er ein Schock bekommen. Mit weit aufgerissenen Augen bewegte er seine Hand und zeigte zu den fünf Objekten, die sich zur Präsentation auf Podesten befanden.

„Musste man fünf Mal die Form ohne einen Treffer versuchen? Ich hätte nach der ersten gesagt, dass sie nicht mit Ton arbeiten darf." Er lachte.

„Die farbkorrigierten Fotos auf deiner Website sind besser als das graue Original." Theodor schaute die weiteren Figuren genau an und schüttelte den Kopf.

„Ja, mein Lieber, und das ist von der Dame, die du gemeint hast. Sie war Programmiererin bei einer Autofirma und sie hat nicht nur Geldprobleme, sondern auch einen Mangel an Talent, aber ich hatte für diese Ausstellung keine andere Möglichkeit gehabt, da sie mich seit drei Jahren anschreibt. Ich konnte ihr nicht mehr aus dem Wege gehen."

Theodor las das Schild neben den fünf Tonfiguren.

„Die fünf Massai? Sie hat wohl Dildos als Vorlage benutzt, oder? Wo sind die Arme oder die Beine? Das müssen wir von der Presse wirklich fernhalten." Theodors Urteil war leider zutreffender, als man es sich wünschen konnte, aber auch ein Vorbote des bevorstehenden Abends.

„Aber der Größe nach zu urteilen muss ich das Modell unbedingt kennenlernen." Schallendes Gelächter folgte Theodors Witz.

Die Lieferung von Gläsern und Getränken war erfolgreich in der Küche eingeräumt und dort konnten sich die Bedienungen später austoben.

„Ich bin fertig mit der Lieferung. Ich habe meine Visitenkarte für Sie auf dem Tresen hinterlassen. Sollte noch etwas fehlen oder falls etwas Zusätzliches bestellt werden sollte, bin ich für Sie bis achtzehn Uhr im Büro. Pfia Gott."

Wie bitte?, dachte Myrte, der südländisch aussehende Lieferant konnte nicht nur gut Deutsch, sondern sprach auch etwas Bairisch. Das hatte sie nicht gedacht. Obwohl sie in Bayern großgezogen worden war, war sie nie in Traditionsvereine eingeladen worden und ein Dirndl hatte sie außerhalb des Oktoberfests auch nie getragen.

Die zwei Assistentinnen kamen bereits um die Ecke. Sie mussten noch in die Beschreibung und Erläuterung der Objekte eingewiesen werden. Myrte ging die Vorstellung durch und händigte zwei Tablets aus, mit denen die Beschreibungen auch auf der Website abgelesen werden konnten.

„Die Videovorstellung auf der Website kann von den Gästen auf deren Handys abgespielt werden. Das erspart viel Arbeit. Auch alle Reservierungen können über das Handy eingegeben werden. Schaut euch bitte die Seiten an." Myrte tippte mit dem Finger auf ihre neuen Geräte.

Nachmittag

Theodor war unterwegs zur Wäscherei, wo seine und Myrtes Abendgarderoben abzuholen waren. Egal wie sauber gemietete Kleider waren, Myrte bestand immer auf einer eigenen Reinigung, was sich schon mehrfach bewährt hatte.

Das Empfangspult war Theodors Lieblingsplatz. Die Gästeliste und die Kasse standen für seine Arbeit bereit und er kam wieder mit seiner Abendgarderobe im Schlepptau herein. Die Assistentinnen hatten wie vereinbart weiße Kleider angezogen.

„Ich biiiins …!", schrie Theodor, um auf sich aufmerksam zu machen.

„Ich musste in der letzten Minute eine andere Performance-Künstlerin akzeptieren. Michel hat uns abgesagt. Er scheint wieder verliebt zu sein", beklagte sich Myrte.

Michel war ausgebildeter Historiker und ein guter Kabarettist mit viel Charme. Er präsentierte die aktuellsten politischen Entscheidungen und verglich diese mit historischen Ereignissen auf alternativen Bühnen in ganz Bayern. Leider verlor er bei jedem Schwarm, der in seinen Leben auftauchte, die Kontinuität seiner Karriere.

„Nachdem er in den letzten zwölf Monaten bereits über zehn Kilo zugenommen hat, ist sein neuer Liebhaber entweder ein Restaurantbesitzer oder der Kühlschrankverkäufer." Theodor lachte schriller denn je. Das konnte an der bereits während des Nachmittags ausgesoffenen Prosecco-Flasche liegen. Darum nahm Myrte sein Glas, um es in die Spülmaschine zu stellen, und warf ihm einen tadelnden Blick zu.

„In der letzten Minute? Du bist aber übermutig. Wo kennst du sie denn her?"

„Ich kenne sie nicht. Sie wurde von Michel empfohlen und sie ist angeblich seine Musikkünstlerin und lehrt an der Uni", gab Myrte unbeteiligt von sich. Ihr Blick haftete weiterhin an der bestätigten Presseliste.

„Lisa, du übernimmst bitte die Betreuung der Pressegäste. Gespräche mit den Künstlern sind bitte zu vermeiden. Ich möchte keinen Patzer oder leidende Künstler, die uns bei der Presse anschwärzen. Die Pressemappen können von der Website abgerufen werden"

„No Problemo." Lisa war unerfahren, aber immer gut gelaunt, und sie war in der Lage, geschickt die Anweisungen auszuführen.

„Ich bin kein Meister, meine Liebe, aber eine Performance-Künstlerin zu engagieren, für einen Auftritt, ohne diese je zuvor gesehen zu haben, scheint mir zu viel Übermut, was für dich untypisch ist. Was war der Grund?" Theo war sehr direkt und sagte immer schonungslos seine Meinung.

„Ehrlich, ich denke, diesmal war ich einfach zu müde und darum werde ich nach dieser Ausstellung für ganze vierzig Tage in den wohlverdienten Urlaub fliegen. Ich habe bereits drei griechische Inseln gebucht und damit ich mich nicht ärgere, habe ich einen Reiseagenten bezahlt, der alle Hotels und Städte wirklich kennt und sich nicht nur auf Internetportal-Empfehlungen verlässt. Michel hat mir eine SMS gesendet, was bedeutet, dass er auch keine Lust auf Gespräche hat."

Myrte war bereits übermüdet und ein Geschäft auf dem Laufenden zu halten und die Konkurrenten abzuwehren, war nicht einfach und gerade in München war es umso schwieriger, da die Stadt klein und die Szene für Kunst auch nicht zu groß ist. Wie man sagt, gehört zur Kunst Dramaturgie, darum kann jeder vieles von sich mit oder ohne Berechtigung behaupten. Wenige in der Branche waren ausgebildet und die Ausgebildeten haben selten Sponsoren. Daher war es schwieriger geworden, davor leben zu können. Im Grunde, dachte Myrte, war es nie einfach gewesen, als lebender Künstler von Kunst zu leben, darum war sie Kuratorin und Kunsthändlerin, aber niemals selbst auf die Idee gekommen, sich als Künstlerin zu präsentieren.

„Lisa! Nach der Performance-Künstlerin legen wir etwas Hintergrundmusik auf und lassen den Computer für zwei Stunden unsere Gäste weichklopfen. Viertelstunde vor Ende bitte die Musik ausmachen. Sanft ausmachen. Diskret. O.k.?" Myrte schien etwas irritiert zu sein. Lisa nickte, um zu bestätigen, dass sie verstanden hatte.

Die Caterer waren zwei Brüder, die stets zusammen arbeiteten. Sie waren zwar keine Zwillinge, aber trugen die gleiche Frisur und Aufmachung. Beide waren auch von gleicher Statur, was viele dazu brachte, sie zu verwechseln. Sie trafen ein und arbeiteten bereits fleißig wie zwei Synchronschwimmer in der Vorbereitung.

Erfahrungsgemäß war das Fingerfood in der ersten Stunde weg und danach folgten nur Getränke und

Reinigungsdienste. Sogar bei den besten Veranstaltungen war es unvermeidlich, einige Alkoholbezauberte betreuen zu müssen. Die Caterer organisierten daher auch das Abräumsystem und die Reinigung.

Mit ihnen kam auch die Garderobiere, ein etwas zu junges Mädchen, entsprechend auch in Uniform, um den beiden Brüdern bei Bedarf bei der Bedienung zur Hand zu gehen.

Theodor kam aus dem Nebenzimmer, das mittlerweile in eine Umkleidekabine umgewandelt worden war, heraus. Er trug einen Smoking mit extrem hohen Schulterpolstern. Er sah fast wie eine Figur aus der nostalgischen Zeichentrickserie „The Jetsons" aus. In dieser Serie aus den sechziger Jahren, die die Zukunft unserer Gesellschaft spiegeln sollte, steckten alle Menschen in futuristischen Anzügen, wie sie nach der Vorstellung der Autoren einmal getragen werden würden.

Inspiration

„Noch eine Stunde, Liebes. Wo ist deine Performance-Künstlerin? Wir sollten uns über den Ablauf informieren und sicherstellen, dass es keine größere Überraschung gibt." Theodor war an solchen Tagen immer etwas aufgebrachter als sonst. Insgeheim wollte er eigentlich nur Michel wiedersehen, aber das war privat. Er wartete auf keine Antwort, da von Myrte sowieso keine kommen würde, und ging zur Tür, um den Teppich auszurollen.

„Oh!", hauchte eine weibliche Stimme über dem sich bückenden Theodor.

„Ich darf die Erste auf dem roten Teppich sein?"

„Sie sind?", fragte Theodor etwas verspannt.

„Die Künstlerin für die Eröffnungsvorstellung", sagte sie wie selbstverständlich.

„Nein, und sie sind entschieden zu spät", gab Theodor etwas schroff zurück und zeigte mit dem Finger Richtung Umkleide. Die verspätet angekommene Melissa sah so aus, als hätte sie bereits einen Teil ihrer Gage bei einem Friseur ausgegeben, und dem Glitzerfummel nach zu urteilen war sie beim Einkaufen von einem Transvestiten beraten worden. Altmodisch, war Theodors Urteil. Er war über diesen Ersatz für den charmanten Michel entsetzt.

Kaum war der Teppich ausgerollt, stand bereits Annegret Beyer da. Eine streng aussehende Frau etwa Ende vierzig, in einer traditionellen schwarzen Kombination, stand mit einem noch strengeren Blick auf Theodor an der Schwelle des roten Teppichs. Sie war unter anderem auch die Schöpferin der Massai-Gruppe.

„Wir haben noch nicht geöffnet."

„Das habe ich nicht gefragt", erklärte Annegret grob.

„Gut." Theodor war sichtlich von der Stichelei betroffen. „Dann bin ich ein Hellseher und habe die Frage erahnt und ich sehe auch im Voraus, dass sie in einer Stunde wiederkommen werden." Eine dramatische Pause folgte und er drehte sich auf dem Absatz um und sagte: „Wiedersehen." Theodor war immer kampfbereit und für diese Art von Kunden hatte er sich bereits einen passenden Ton angeeignet.

„Sie sind aber unhöflich."

Theodor schloss die Tür hinter sich. Doch Annegret war nicht in bester Laune und trat noch nach ihm hindurch.

„Soll ich jetzt die Polizei rufen und Ihnen ein Hausverbot erteilen, oder gehen Sie lieber freiwillig?"

Myrte bekam die aggressive Stimmung im Raum mit und versuchte schnell zu moderieren, da sie Theodors Tapferkeit manchmal für geschäftsschädigend hielt.

„Was ist denn los? Wir haben noch nicht geöffnet", erklärte sie.

„Ich wurde von Ihrem Mitarbeiter um Geld erpresst. Das ist los." Annegret hob das Kinn um einen Zentimeter, um ihren verletzten Stolz zu unterstreichen.

„Liebes, nicht jetzt. Im Vertrag stand sehr klar, Zahlung im Voraus und er hat nur getan, was seine Aufgabe war. Es ist nicht persönlich gemeint. Kommen Sie bitte in einer Stunde und freuen Sie sich auf unsere Arbeit."

Annegret fühlte sich bevormundet, aber sie erkannte, dass alle im Stress und ihre Beschwerden deplatziert waren. Sie sah ihre Massai-Gruppe auf fünf Podesten auf der anderen Seite des Raumes und sie musste zugeben, dass sie in dieser Präsentation viel besser aussahen, als sie sie je in Erinnerung hatte.

Eine summende Performance-Künstlerin ging tanzend im Raum umher und machte mit wenig graziösen Armbewegungen Striche in die Luft, als würde sie malen. Sie zählte ihre Schritte und wiederholte manche Takte.

Theodor ging seinen Arbeiten nach und überließ Annegret und Myrte das Gespräch. Er war von der tanzenden Melisse nicht überzeugt. Sie war alt und sie hatte bestimmt mal gut ausgesehen, aber er hielt die kommende Vorstellung für eine Überforderung.

„Trotzdem, ich sehe den Kunstwert meiner Objekte weit höher als Ihre Schätzung und das wollte ich noch zuvor klären“, versuchte Annegret doch etwas zu besprechen.

„Liebes.“ Myrte nutzte dieses Wort, um sich nicht bemühen zu müssen, die Namen der Personen zu erinnern. In den letzten zwölf Monaten ist das immer schlimmer geworden. „Du bist unbekannt und deine Werke sind nicht originell genug für den Preis, den du dir vorstellst. Darum schrieb ich im Vertrag, für wie viel ich das anbieten kann. Berechnet für einen moderaten Stundensatz ist mein Vorschlag mehr als fair.“ Theodor stand hinter Annegret und machte ein Zeichen, ob er die Massai-Gruppe einpacken sollte. Myrte hob kurz die Hand.

„Der Vertrag war ein Fehler, das gebe ich zu. Ich versuche mich nur vor weiterem Schaden zu schützen. Vor allem die Kommentare auf deiner Website waren bisher alle sehr positiv und es wird sich bestimmt ein Käufer darunter befinden."

Allerdings wusste Annegret, dass die meisten Kommentare von der Marketingagentur stammten und die einzigen von Menschen erzeugten Kommentare waren von Annegret selbst und einer ihrer Freundinnen.

„Zwei, drei und Takt", hörte man leise hinter der Gruppe. Ein erboster Blick von Theodor tat die deplatzierte Zählung kund. Melissa hob ihr Kinn und begab sich sichtlich beleidigt zum Umkleideraum.

„Ehrlich Liebes, ich habe keine Zeit. Du kannst deine Objekte mitnehmen und eine Stornogebühr ist alles, was du dann bezahlst. Jetzt entscheide dich. Theodor packt gerne die Objekte ein und du kannst sie mitnehmen. Ist das gut so?" Es war keine Frage. Es war ein deutlicher Hinweis, dass das Gespräch zu Ende war. Annegrets ganzer vorgespielter Stolz verschwand und wurde von Trotzigkeit ersetzt.

„Was nun?", forderte Theodor heraus.

„Ich kann den Schaden verkraften, aber Sie werden mich nie wieder so über den Tisch ziehen."

„Ich will auch die Bankengebühren, und zwar bar und pronto."

Die Formalitäten wurden erledigt und alle konnten die Vorbereitungen fortsetzen, nicht so aber Melissa, die in der Garderobe mit ihren Nerven kämpfte. Sie zog ihr

Glitzerkleid aus und ein hautenger Body in Schwarz kam zum Vorschein. Dieser sollte neutral sein und darauf wollte sie für ihre Tanzfigur Details anbringen. Es war eine Herausforderung für sie und sie wollte zeigen, dass Alter nicht alles ist, was sie definiert. Sie blickte auf Jahre zurück, in denen sie mit ihren Auftritten einige Menschen, vor allem Männer, begeistert hatte.

Sie blickte tief in den von ihr mitgebrachten Spiegel und bereitete ihr Gesicht für das Schminken vor. Es konnte sein, dass sie sich zu viel zugemutet hatte, aber sie war überzeugt, wieder glänzen zu können. Eine Gefühlswallung stieg in ihr hoch und beinah hätte sie angefangen zu weinen. Diese Menschen alle gehörten zu einer jüngeren Generation und sie verachteten sie, aber sie brauchte das Geld und sie wollte sich wieder lebendig fühlen. Der Unterlage für die Schminke war aufgetragen. Sie zog über ihr Kostüm einen durchsichtigen Schal, den sie eigens für den Abend ausgesucht hatte. Damit war sie das letzte Mal vor einem Jahr zum Kursabschluss aufgetreten. Die Gottesanbeterin war ein Tanz, den sie selbst kreiert hatte, und sie meinte, dass die Originalität ihr Trumpf wäre. Sie atmet wieder tief ein und schaute noch einmal den Raum an. Sie ging an Theodor vorbei, ohne dass er Notiz von ihr nahm. Ja, sie hatte, was sie für diese kurze Vorstellung brauchte, aber sie wollte so schnell wie möglich danach verschwinden. Mehr Verachtung könnte sie nicht ertragen.

Um neunzehn Uhr, pünktlich wie erwartet, entriegelte Theodor die Einlasstür, aber noch waren keine Gäste zu sehen. Das Wetter war feucht und leicht windig. Nicht gerade einladend, um aus dem Haus zu gehen, aber besser als warme Nächte, weil sie dann mit vielen anderen Stadtveranstaltungen hätten konkurrieren müssen.

Die Performance sollte um zwanzig Uhr anfangen. So war es zu erwarten, dass die Gäste nicht vor neunzehnuhrdreißig eintrafen. Die Programmänderung in letzter Minute war auf der Tafel angemerkt und auf der Website auch. Sie waren sich wegen Michel nicht sicher gewesen und hatten darum seinen Namen nicht im Programm angepriesen, was sich nun als sehr geschickt herausstellte.

Als Hintergrundmusik tönte Jazz mit Nancy Wilson und der Raum war in ein gelbes Tageslicht getaucht. Spots mit schneeweißem Licht waren auf das Gemälde und die Skulpturen gerichtet. Die ersten Gäste näherten sich der Tür und der Abend schien seinen erwarteten Lauf zu nehmen.

Als Erste kam eine Frau mit Kinderwagen.

„Guten Abend und willkommen zu Brenners Jubiläum!" Theodor war charmant und sehr professionell. Seine etwas zu hoch toupierten Haare sahen sehr kunstvoll aus. „Aufgrund von Sicherheits- und Haftungsproblemen bitte ich Sie, den Kinderwagen an der Garderobe abzustellen."

Die Dame war sichtlich schockiert. „Sie meinen, dass ich das Kind den ganzen Abend auf den Armen tragen muss?" Sie schob den Wagen weiter und die Räder rissen etwas Lack von der Tür ab.

Theodor lächelte und vermied es, eine Antwort zu geben, aber stellte sich so, dass die Dame nur in Richtung Garderobe gehen konnte. Kinderwagen sind nach abgelegten Gläsern die größte Gefahr in Ausstellungen. Obwohl Theodor Kinder gern mochte, fragte er sich, ob eine Ausstellung überhaupt der richtige Platz für ein Baby sei. Mitten in diesen Gedanken wurde er von neu ankommenden Gästen abgelenkt.

Das Mädchen an der Garderobe nahm sich scheinbar der Aufgabe an, das Kind zu beaufsichtigen. Doch Theodor musste sich um die nächsten Gäste kümmern und darum interessierte er sich für den Extra-Obolus für die Garderobiere nicht.

Myrte versuchte sich noch im hinteren Raum auszuruhen. Wie Theodor feststellte, war sie nicht in bester Verfassung und ihre Nerven waren von der heulenden Annegret nicht besser geworden.

An der Garderobe teilte die junge Frau Abholscheine aus und legte die abgegebene Kleidung ordentlich ab. Das arme Baby schlief friedlich im Kinderwagen und merkte nichts von dem Kleiderverkehr. Wie angeordnet sollten die Gäste für ihre Getränke selbst bezahlen. Die Zeiten von freien Getränken in Galerien hatten nur eine Horde von Säufern wachgerufen, die niemals auch nur eine Postkarte gekauft hatten. Darum führte Myrte ohne Bedenken ihre Performance wie im Theater. Dort bekommt man auch keine Getränke kostenfrei, dachte sie. Der Hauptvorteil war auch, dass damit die Menge von Betrunkenen übersichtlicher war als früher und die Schadensfälle geringer.

„Es ist sehr ungewöhnlich, dass man für Getränke in einer Vernissage bezahlen muss, nicht wahr?", bemerkte schnippisch eine Dame in Richtung Theodor.

„Falls Sie eins der Werke kaufen, erstatte ich alle Ihre Getränkekosten gerne persönlich." Er lächelt und die Dame, die diese Stichelei sofort verstand, lächelt auch.

Eine große Frau in einem blauen Kleid aus thailändischer Seide näherte sich dem Eingang. Die langen roten Haare waren typisch für eine irische Frau. Sie waren kunstvoll zu einer beeindruckenden Mähne frisiert. Zum Teil bedeckten sie auch ihre Gesichtszüge. Sophia war für eine Frau etwas zu groß, dachte Theodor und schaute ihre Füße an. Er war von dem Designerschuh sehr beeindruckt und vor allem die Größe entging ihm nicht. Solche Schuhgrößen sind meistens handgefertigt und nicht billig. Er war stolz auf seine kleinen und zarten Füße und dachte, dass er in diesen Stilettos wesentlich besser gehen könnte als Sophie.

„Ehrenwerte Sophie", hauchte sie ihren Namen.

Theodor fand den Namen in der Liste der Künstler und wollte zur Begrüßung eine Koseform formulieren.

„Sophie, willkommen."

„Ehrenwerte Sophie, bitte." Theodor kokettiert mit seiner Hand auf der Brust und gab ein zustimmendes „Ohh" von sich. Beide lächelten das unehrliche Lachen, das keiner glaubt, und sie wurde mit Pomp hereingelassen.

Der Raum war voll und auch die Presse war fast vollständig da. Die Ehrenwerte Sophie verdeckte ihr Gesicht, als Ralf, der Fotograf, sich ihr näherte und zeigte, dass sie lieber nicht im Vordergrund stehen wollte. Sie trug lange, künstliche Fingernägel mit dunkelblauem

Lack. Sichtlich nicht preiswert, und sie halfen, ihre etwas zu langen Hände kleiner wirken zu lassen.

Selten kamen alle Reporter von der Liste und sie bekamen immer die Getränke frei. Die spontanen Besucher waren diesmal mehr als sonst und Theodor wünschte sich, einige würden bald gehen, da man bei so vielen Gästen kaum ins Gespräch kommen konnte. Er übergab die Türkontrolle einem der Brüder der Catering-Firma und nahm Kontakt mit den Gästen auf. Allein die Künstler waren bereits sechzehn an der Zahl, was viel Platz kostete. Theodor wollte sie lieber nicht in der Ausstellung haben, aber sie brachten manchmal neue Gäste.

Es rieselte draußen und Theodors Frisur litt unter der Feuchtigkeit.

Myrte kam aus dem Umkleideraum heraus, wo sie Melissa beim Schminken zugesehen hatte. Sie dachte heimlich daran, dass sie sich mit sechzig Jahren hoffentlich nicht mehr würde so schminken müssen. Die faltige Haut von Melissa war stark gepudert und glitzerte in lichtem Grün.

Myrte sah bezaubernd aus. Sie suchte mit ihrem geliehenen moosgrünen Kleid einen Farbkontrast zu den Werken gesucht: eine elegante Stiefelette mit einem blattförmigen Detail in Metall. Sie erinnerte an Dryaden mit ihrem Auftritt. Ihre Haare waren mit Haarlack aufgestellt und man konnte sogar sagen, dass sie sich als ein weiteres Kunstwerk des Abends entpuppte.

Der Stimme von Dean Martin folgte ein abklingendes Piano. Lisa achtete darauf, die Hauptbeleuchtung etwas herunterzufahren. Theodor erkannte das Zeichen und bewegte sich in die Mitte des Raumes und schellte ein Glöckchen, damit alle Gäste sich für die Veranstaltung platzierten.

Melissa öffnete die Tür des Umkleideraums einen Spalt weit, um zu hören, ob sie bereits an der Reihe wäre. Sie erkannte, dass sie noch zu früh war und zog die Tür recht laut ins Schloss. Der unpassende Lärm irritierte Myrte leicht und sie schaute weiter nach den Gästen des Abends.

„Meine Damen und Herren, ich begrüße Sie heute im Haus Brenner." Eine dramatische Pause signalisierte, dass einige Gäste noch nicht die gebetene Ruhe einzuhalten bereit waren.

Theodor trat an Myrtes Seite und der Pause folgte die erwartete Stille.

„Fünfzig Werke, allesamt von neuen Künstlern, werden ihnen heute zum zehnjährigen Jubiläum des Hauses Brenner vorgestellt. Ich selbst werde den Rundgang durch die Kunstwerke leiten und diese kommentieren. Unser Kamerateam wird einige Momente des Abends festhalten und falls jemand auf Glanz und Berühmtheit in unseren Film verzichten möchte, sprechen Sie bitte Ralph direkt an." Myrte lächelt über den eigenen Witz und Ralph tat es ihr gleich. Ein kleiner Applaus rundete die Begrüßung ab.

Tanz

„Melissa wird mit ihrer Performance die Vernissage eröffnen und danach folgt mein Rundgang. Ich wünsche Ihnen jetzt eine gute Unterhaltung mit Melissa und der Gottesanbeterin."

Theodor, der noch wegen Melissa skeptisch war, gab Lisa ein Zeichen, den von Melissa gewünschten musikalischen Beitrag zu spielen. Kaum erklangen die ersten sechs Takte, erkannte Theodor das Lied. Es war etwas unpassend. Melissa hatte den Bolero von Ravel ausgesucht, der mittlerweile zu oft benutzt wurde. Sogar als Werbung für Eiscreme oder Tampons, was eine eher wenig anspruchsvolle Einleitung für eine anspruchsvolle Darbietung darstellte. Als die Musik sechzehn Sekunden gelaufen war, wurde Theodor leicht unruhig und ging zur Umkleidetür und machte sie auf. Eine etwas überraschte Melissa drückte rasch eine Zigarette aus, die sie von dem Sicherheitsmann genommen hatte, und in der Hektik fing sie zu husten an. Die beunruhigenden Laute schienen Myrte etwas mehr als sonst zu nerven. Sie wirkte etwas kühl und leicht erbost.

Theodor kam selbst wieder zum Computer und stellte die Musik wieder von vorne an. Seine Skepsis wuchs allmählich zur Wut. Die Musik startete wieder und dann trat Melissa – in schwarzen Leggings und einem lila Seidenschal um ihre Schulter drapiert – aus dem Umkleideraum heraus. Sie hob mit Mühe ein Bein und machte einen runden Schritt nach links zur Eingangstür. Ihr Alter ließ sich wegen der fehlenden Gelenkigkeit nicht übersehen, aber man erkannte, dass sie ernsthaft ihrer Rolle nachging. Lisa machte die Tür hinter Melissa zu und

Ralph ging seiner Aufgabe nach und schoss Fotos im Serienmodus. Zwei lange Pfauenfedern waren auf ihrem Kopf mit einem Stirnband befestigt. Es sah exotisch, aber für Theodor nicht anspruchsvoll genug aus. Myrte sah etwas überraschter aus, als man es erwarten konnte.

Melissa wackelte so, wie ein Insekt dies tun würde. Dann bewegte sie sich zum ersten Werk und schreckliche Laute entfuhren ihrem Hals. Wer japanische Horrorklassiker kennt, wäre an „Mothra bedroht die Welt" von Ishiro Honda erinnert worden. Es waren insektenartige Laute.

Da verstand Myrte, was Melissa mit „die Werke besingen" meinte. Der anfangs bizarre oder sogar skurril zu bezeichnende Auftritt wurde zu einer fast grotesken Interpretation eines Kabuki-Theaters. Man erkannte ohne Vorkenntnisse die japanische Herkunft der Vorstellung. Es war kaum über eine Minute vergangen und Myrte fühlte sich, als wäre es bereits eine Stunde gewesen, und sie wünschte, die Vorstellung würde bald enden. Das merkte Theodor auch.

Melissa tänzelte gefährlich nah an den Kunstwerken und ihre Federn wackelten rhythmisch zu einem dämonischen Tanz oder etwas ähnlich Unbeschreiblichem. Theodor, der die Musik unter sich hatte, sah, dass die noch folgenden vier Minuten dieses Tanzes den Abend ruinieren könnten, und erhöhte diskret das Tempo der Musik, damit die Vorstellung etwas früher enden würde. Bolero kann etwas schneller gespielt werden, ohne zu negativ aufzufallen. Passend zur Musik führte Melissa ihren Tanz und die Federn folgten ihr gehorsam nach. Als Melissa, wie vom Geist der Isadora Duncan besessen, ihre Apotheose vorführte, war sie bereits an der Massai-

Gruppe angekommen. Sie wirbelte umher und der merklich ungelenkigen Stellen einer alternden Dame zum Trotz legte sie alles in ihre Vorstellung hinein. Ihre Stimme formte die verschiedensten Laute, die die Bilder und Figuren beschreiben sollten, was zwar originell, aber im Hinblick auf den erhofften Erfolg zweifelhaft war.

Nur noch zwanzig Sekunden bis zum Finale, dachte Theodor und das unruhige Publikum gab bereits halb leergetrunkene Sektkelche zurück, was seiner Meinung nach ein schlechtes Zeichen war.

Zehn Sekunden noch und sie setzte zum Finale an. Ihr Kopf drehte sich um sich selbst. Theodor dachte an Linda Blairs Kopf bei „Der Exorzist" und schmunzelte. Eine der Federn brach an der hängenden Lampe durch und der Ruck erschreckte Melissa so sehr, dass sich die andere Feder an einer der Massai-Figuren verfing und diese zu Boden zog.

Stille im Raum. Betroffenheitsrufe und leichtes Gelächter folgten und zum Ende der Musik blieb alles eine Weile still. Myrte war rot angelaufen und sogar bei der Beleuchtung konnte man ihre Farbe nicht übersehen. Es baute sich etwas Schreckliches auf, was Theodor schlimmer als die Performance einschätzte.

Lisa brachte das Licht wieder auf die volle Leistung.

Melissa beendete ihren Tanz mit einer Verbeugung zum Publikum und ging schnell zum Umkleideraum, sich bewusst, dass eine Zugabe nicht nötig wäre.

„Meine Massai-Gruppe ist ruiniert!", schrie Annegret.

Schnell winkte Theodor Eivan, dem Sicherheitsmann, zu. Eivan nahm Annegret liebevoll, aber bestimmt an den Arm und bat sie, ihn zum Nebenraum zu begleiten. Währenddessen suchte einer der Cateringmitarbeiter die Stücke des zerbrochenen Massai zusammen.

„Kunst ist vergänglich. Kunst ist ungewöhnlich. Kunst ist wie das wahre Leben. Unsere Herausforderung ist …" Myrte suchte nach einem Wort der Rettung. Ihre Gesichtsfarbe lief zwei Töne von Rot herunter, aber ihre Augen zeigten noch deutlich den Zorn. „Leiden und Überwindung, die nach Vollkommenheit suchen. Ich danke der Interpretation von Melissa und bitte Sie, verehrtes Publikum, mich in die Vorstellung der Werke zu begleiten."

Zauber ist die Kunst der Ablenkung und nie war diese Definition so zutreffend wie in diesem Moment.

„Man raucht nicht in einer Galerie. Sie dumme Nuss!" Theodor war rot angelaufen, was selten vorkam.

„Ich war nervös. Was für eine Künstlerin …" Sie brachte den Satz nicht zu Ende und verfiel wieder in einen Heulanfall.

„Ach, halte die Klappe und verschwinde."

„Ich habe mein Geld noch nicht bekommen", schniefte Melissa.

„Und auf das wirst du solange warten, bis die Rechnung von dieser Statue gemacht worden ist. Ich sehe dich morgen. Jetzt hau ab, du hast genug ruiniert, und kein Mucks an die Gäste." Theodor verließ die Umkleide und rang um Fassung. In all den Jahren, die er mit Myrte zusammenarbeitete, war das das erste Mal, dass so viel schief lief.

Rosemary Clooney sang im Hintergrund und Lisa und Anne verteilten Kataloge und schrieben mit ihrem Handy Adressen für die Website auf.

Es gab sichtlich kein anderes Thema mehr im Raum als die Gottesanbeterin. Die Eröffnungsvorstellung hatte bei den Besuchern eine Mischung aus Persiflage und moderner Kunst hinterlassen. Einige lachten schallend darüber und andere suchten nach akademisch-wissenschaftlichen Erklärungen für diese originelle Darstellung. Zu wenige erkannten die Verbindung zur japanischen Moderne.

„Moderne Kunst ist nun einmal kontrovers. Melissa, ist das ihr Name?", erkundigte sich die Ehrenwerte Sophie mit leichter Baritonstimme in dem umliegenden Kreis ihrer Zuhörer. Sie wartete nicht auf Antworten, sondern fuhr in ihrer eigenen Überzeugung fort; „Sie wirft alle Konventionen der klassischen Schule hin und kreiert eigene Expressionen mit Basis auf der japanischen Moderne, würde ich sagen. Wie es selten einer gewagt hat, nicht wahr?" Sophie wartete auf die Wirkung ihrer Behauptungen. Einer der Reporter schien das auch nachvollziehen zu können.

Offensichtlich waren die Männer um Sophie von ihrem Intellekt sehr angetan. Theodor war sich unklar, was an Sophie in ihm ein undefiniertes Unbehagen auslöste.

Myrte war scheinbar mit einigen Interessenten beschäftigt und Eivan redete auf Annegret ein und die Musik im Hintergrund war wegen des Lärms der Unterhaltungen kaum zu hören. Es war klar, dass egal, wie die Qualität des Tanzes von Melissa gewesen war, sie es geschafft hatte, die Nacht unvergesslich zu machen.

Lisa und Anne markierten die ersten reservierten Bilder und notierten eifrig die Käuferdaten in die Online-Verträge.

Die Massai-Gruppe trauerte noch um den verlorenen Kollegen. Myrte versuchte ihre Verärgerung mit anderen Gesprächen zu unterdrücken.

„Diese Arbeiten sollen unseren Ursprung als Menschen in Afrika in Erinnerung rufen. Ein Teil der Einnahmen, die aus dem Verkauf dieser Objekte kommen, gehen in einen Afrika-Fond für die Unterstützung der Bildung in Dörfern in Nigeria." Es war nicht gelogen, aber wie man sagt, gut gewählte Wörter. Tatsächlich war Annegret selbst Vorstand des Vereins, an den solche Spenden gehen sollten.

„Kommen diese Objekte für eine erneute Vermittlung in Ihren Katalog?", fragte eine Dame in der Gruppe, die mit dem Finger auf die restliche Massai zeigte.

„Es ist zwar nicht geplant, aber auch nicht ausgeschlossen." Die Wahrheit konnte nicht ganz verschleiert werden. Die Figuren waren als Kunst scheußlich und die Wahrscheinlichkeit, dass diese Künstlerin bessere Arbeiten erzeugen würde, wurde von den Stammkunden von Myrte einstimmig als sehr gering eingeschätzt. Myrte erkannte den Hintergrund der Frage und wollte gleich weiter auf die Zukunftsprognosen eingehen, als eine immer noch aufgebrachte Annegret sich in die Vorstellung einmischte.

„Ich kann die verlorene Figur nochmal kreieren. Ich bin sicher, dass diese Verbindung, die ich zu meiner Vergangenheit habe, immer gegenwärtig sein wird." Würdevoll, aber ungebeten, war in Myrtes Gesichtsausdruck zu lesen.

„Lebten Sie einmal in Afrika?", fragte die gleiche Dame, die zuvor Myrte angesprochen hatte. Ihrem Aussehen nach zu urteilen war sie nicht eine potenzielle Käuferin, aber eine gute Basis für das weitere Anpreisen der Werke.

„Ja", sagte Annegret. Myrte war unschlüssig, da sie Annegret nur oberflächlich kannte, aber sie erinnerte sich, dass sie niemals über Reisen nach Afrika gesprochen hatten. Sie war der Vorstand eines Vereins, der Spenden nach Afrika sandte. Annegret freute sich über die gewonnene Aufmerksamkeit und setzte fort:

„Wie ein Schamane mir in meiner Ausbildung als Schamanin erklärte, lebte ich in einem früheren Leben in Afrika." Sie setzte eine spirituelle Miene auf und versuchte dabei bescheiden zu klingen.

„Ach. Eine spirituelle Erfahrung. Wie sonderbar", kommentierte die unbekannte Dame.

„Ha. Huhm. Das habe ich auch nicht gewusst. Das hättest du mir erzählen sollen, Annegret. Ich bin immer sehr an dem Hintergrund der Künstler meiner Ausstellungen interessiert." Myrte winkte diskret Theodor, der, auf einen großen, blonden Mann in den Fünfzigern blickend, etwas von seiner Professionalität verlor.

„Ja. Es war eine Wendung in meinem Leben. Ich hatte zuvor niemals an solches Zeug geglaubt." Eine abschätzige Handbewegung verlieh Annegrets

Behauptung Nachdruck. Myrte winkte noch heftiger und schüttete etwas von ihrem Sekt hinunter.

Myrte konnte nicht mehr hören und ihr wurde schwindelig. Es waren zu viele Überraschungen für einen Abend und jetzt konnte eine Schamanin die Professionalität ihrer Veranstaltung weiter mit den Füßen treten. Theodor schien etwas beschwipst zu sein, aber er merkte, dass Myrte sich unwohl fühlte, und eilte zu ihr.

„Dann bildete er mich in der Kunst des Schamanismus aus und ich habe meine Karriere in der IT hinter mir gelassen. Die Schwingungen in dieser Branche sind zu negativ und haben meine Verbindung zu meinem Ursprung blockiert." Myrte war den Tränen nah, als sich ein großer schwarzer Mann mit fabelhaften Gesichtszügen der Gruppe näherte. Myrte war im Begriff zu schreien und die Gruppe um Entschuldigung zu bitten.

„Die verlorene Figur hat bestimmt die bösen Schwingungen, die disch so belautet haben, mitgenommen."

„Belastet", korrigierte Annegret.

„Du siehst sehr zufrieden aus, ma cher."

„Ach, das war der Schamane", stellte Myrte ohne zu hinterfragen fest. Theodor, der die Lage verstand, tätschelte Myrtes Hand und versuchte sie zu beruhigen.

„Ich erzählte gerade von unserer Begegnung." Sie küsste den Mann zart auf die Wange und alle verstanden die Beziehung. Blicke wurden getauscht und etwas Eifersucht war bei einigen Personen zu bemerken, da der Schamane ein absoluter Charmeur war.

Theodor wollte nicht die Gruppe brüskieren und verließ mit der unpässlichen Myrte die um ihre Aufmerksamkeit beraubte Annegret.

„Was für Menschen sind das?", klagte Myrte, zu Theodor gewandt.

„Wir hatten uns bei diesen Personen nie so weitgehend über ihr Leben erkundigt, daher sind Überraschungen wie diese nicht auszuschließen."

„Die Ehrenwerte Sophie scheint uns wenigstens eine Hilfe geworden zu sein, weil sie eine so tolle Erklärung für Melissas Auftritt erfunden hat, dass ich sie nur beneiden kann." Myrte zitterte und versuchte etwas zu lächeln.

Anne kam mit Eivan mit etwas besorgter Miene auf Myrte zu. Eivan war als Sicherheitsmann sehr effektiv. Er wird in zwei Jahren mit seinem Juraabschluss als Sicherheitsmann ausfallen, dachte Myrte.

Die Gäste amüsierten sich und Lisa und Theodor waren in Hochform und nutzten die auf Melissa gerichtete Aufmerksamkeit für sich.

„Der Fall der Fälle ist eingetroffen. Herr Hartmann wurde zweimal von mir und von Anne beim Verteilen von Visitenkarten erwischt, als er einem Kunden von Anne vorschlug, das Bild nach der Ausstellung günstiger, nämlich direkt bei ihm zu kaufen." Eivan wartete auf die Wirkung, während Anne das vorbereitete Abmahnungsformular zeigte.

Myrte hatte in der Geschäftswelt gelernt, zur knallharten Frau zu werden. Viele unterschätzten ihre Entschlossenheit, aber immer nur einmal.

„Schwarzpunkt auf das Bild, und ihr beide bringt ihn zum hinteren Zimmer." Myrte war wie eine Generalin auf einem ihr sehr bekannten Schlachtfeld.

Sie legte das Abmahnungsformular auf den Tisch im hinteren Zimmer und kurz danach kamen Anne und Eivan mit Wolfgang Hartmann herein.

„Sie wissen, worüber wir uns hier unterhalten, oder?", gab sie direkt und barsch von sich.

„Wie wäre es mit ‚Guten Abend'? Sie haben mich bisher weder begrüßt noch meine Arbeit entsprechend gewürdigt." Myrtes Zeigefinger hob sich vor seiner Nase und erreichte seine Wirkung. Wolfgang erschrak leicht und verstummte.

„Halten Sie mal den Rand. Gemäß unseres Vertrages werden Sie mit sofortiger Wirkung von der Ausstellung ausgeschlossen und die Kosten werden Ihnen in Rechnung gestellt. Zeugen und Beweise liegen hier und eine Diskussion wird es nicht geben." Myrte wusste jegliche Unterbrechung mit ihrer Hand weiter abzuweisen.

Eivan trat näher und hob die Abmahnung und Belehrung vom Tisch auf und faltete sie für das Kuvert.

„Herr Hartmann, ich als Zeuge und Beauftragter lege Ihnen dieses schriftliche Dokument vor und bitte Sie, mich ohne Aufsehen zu erregen zu begleiten. Bedenken Sie unsere Rufschädigungsvereinbarung." Eivan hatte in der besagten Vereinbarung alles so formuliert, dass auch die gewöhnlichen Skandale und Gefühlsausbrüche von Künstlern mit Strafen geahndet werden. Er war sicher, dass die hart formulierten Wörter des Vertrages und der kühle Auftritt von Myrte auch ein Punkt in die Beziehungen gesetzt hatten.

Myrte hatte den Raum bereits verlassen und Wolfgang versuchte seine Unschuld und Berechtigung der Konkurrenz zu rechtfertigen, aber ihm war klar, dass die vor ihm stehenden Personen kein Interesse an seinen Argumenten hatten.

Wolfgang verließ den Raum mit einem Kuvert in der Hand und Anne ging in den Ausstellungsraum und setzte sofort einen schwarzen Streifen auf das Schild in der Ausstellung. Während sie dies tat, rief sie die Webausstellung mit ihrem Handy auf und mit einem Knopfdruck war Wolfgang Hartmann eine vergessene Geschichte in der Ausstellung und in Myrtes Leben.

Während Wolfgang Hartmann unter Protest seine Garderobe abholte, schaute ihm Eivan kommentarlos zu.

An der Tür angekommen, fand er klare Worte für Wolfgang:

„Ihr Bild wird Ihnen morgen zugesandt. Hiermit erteile ich Ihnen auch ein Hausverbot im Namen des Hauses Brenner."

Eine andere Künstlerin, die das Geschehen vom Fenster aus beobachtete, packte sofort ihre Visitenkarten in ihr Etui und drehte ihren Kopf, um Wolfgangs Blick nicht erwidern zu müssen.

„Wir waren gut vorbereitet. Schade für ihn. Sein Bild ist nicht mal schlecht, oder?", kommentierte Anne.

„Tja, wer mit den Haien schwimmen möchte, muss geschickter sein. Sich bei Myrte zu verschätzen, passiert leicht und ist gefährlich." Eivan machte die Tür zu und setzte sein Radar wieder in Gang.

Als Eivan das fragende Gesicht Theodors sah, sagte er: „Leuchte, leuchte." Und beide lachten über diesen im Voraus geahnten Vorfall.

Der beleidigte Wolfgang blieb stumm vor der Galerie, fast eine halbe Stunde, bis sein Kopf fast nass wurde, und sann ergebnislos auf Rache, aber er wurde mehrfach aufgeklärt. Keiner der anderen Künstler schien sich um den in Ungnade gefallenen Wolfgang zu kümmern, und als er ging, merkte es keiner.

Ralph schoss weitere Portraits und mied die schüchterne Ehrenwerte Sophie. Myrte suchte nach Ablenkung, da ihr Kopf schmerzte und sie nicht noch mehr Aufregung als die mit Wolfgang vertragen würde. Da wurde sie von der Stimme Theodors aus ihren Gedanken gerissen.

„Nur noch eine Stunde und wir sind für heute fertig. Wir haben einige Anfragen aus dem Katalog." Theodor macht eine Pause und schaute Myrte etwas kokett an. „Und ich habe einen Termin für eine persönliche Beratung bei dem Käufer." Er zeigte mit einem Kopfnicken zu dem Blonden, der zurückwinkte.

„Du auch, Brutus?", sagte Myrte am Rande der Verzweiflung.

„Mach dich nicht verrückt. Er ist nett und der Abend ist in Ordnung. Die Schamanin scheint mehr Spaß zu haben, als sie sich erwartet hat, und ich habe Muntolu, dem Schamanen, Geld für die kaputte Figur angeboten und wir rechnen mit der Versicherung ab."

„Muntolu?"

„Das ist sein afrikanischer Name, aber man darf ihn Frank nennen."

„Flittchen." Myrte lachte und schien ihre Fassung wiederzufinden und ging wieder zum Parkett.

Myrte, die mittlerweile an keine Rettung für den Abend mehr glaubte, sah plötzlich, wie Melissa sich mit einem Reporter unterhielt. Sie spürte einen Kloß im Hals. Sie war der Überzeugung gewesen, dass Theodor sich von Melissa bereits verabschiedete hätte, aber scheinbar hatte sie sich geirrt.

Melissa stand neben der Ehrenwerten Sophie und gab Erklärungen zu ihrem Auftritt. Dabei schwang sie ihre Arme hoch und Ralph fotografierte sie.

„Als ich für diese Vorstellung eingeladen wurde, war ich außer mir. Eine Ausstellung von Myrte." Melissa war es bestimmt bewusst, dass sie gehört wurde, und vor allem von Myrte. Sie setzte noch kunstvoller fort: „In solch einem Jubiläum vor allem. Was für eine Ehre!" Offensichtlich versuchte Melissa ihren Patzer zu kaschieren und etwas Beliebtheit zu gewinnen, indem sie sich etwas einschleimte.

„Melissa", rief Myrte überrascht.

„Die Ehrenwerte Sophie erklärte mir, wie extraordinär sie diese Vorstellung fand und bat mich, eine Kritik in der Zeitung zu schreiben. Ich kenne mich mit der japanischen Moderne nicht aus, aber ich war nach der Erklärung sehr interessiert", gab der Reporter höflich zu verstehen.

Myrte bekam einen leichten Schwindel und hätte am liebsten geheult, weil eine negative Kritik für ihre Zukunft bestimmt vernichtend wäre.

„Fabelhaft. Ich war auch sehr positiv überrascht von der Vorstellung", log sie.

„Vor allem der Bezug zwischen den Bewegungen und den Werken brachten viele der Zuschauer dazu, über die Bedeutung der Werke nachzudenken", ergänzte der Reporter.

„Es war Furie und Anmut in einer einzigartig weiblichen Kombination, die nur eine Meisterin bieten kann. Ich sage nur eins, meine liebe Myrte: Bravo!" Die Ehrenwerte Sophie war etwas tiefer in den Bariton gefallen. Offensichtlich war ihre vormals leere Getränkekarte bereits vollends getilgt, aber sie wusste tatsächlich diese Katastrophe zum Kunstwunder zu stilisieren.

Melissa verbeugte sich. Die Federn waren nicht mehr zu sehen und ihre rot unterlaufenen Augen glänzten etwas.

„Ich bin Lehrerin an der Uni. Ich gebe dort Unterricht in Kunst." Melissas Bescheidenheit schwand etwas dahin.

Myrte fiel das orangene Bild ein. Das war noch da und sie musste einen Käufer finden. Theodor kam zu ihr und versuchte das Geschehen zu erfassen.

Die Dame mit dem Kinderwagen versuchte, ihren Mantel an der Garderobe abzuholen, und schien bereits Schwierigkeiten zu haben, sich auf ihren Absätzen gerade zu halten.

Die Caterer räumten fleißig die herumliegenden Gläser ein und beide Assistentinnen schienen ebenfalls sehr beschäftigt zu sein. Myrte war sehr nervös und sie hoffte, die Stunde wäre bald vorbei.

Michel, der seinen Auftritt abgesagt hatte, kam mit einem etwas älteren Mann in die Galerie hinein. Ihre Köpfe glänzten von herunterlaufenden Wassertropfen. Die kalte und feuchte Luft war typisch für die Jahreszeit und schnell schloss sich die Tür hinter beiden. Er sah adrett aus und schien sehr zufrieden mit dem Leben zu sein.

„Habt ihr Sex gehabt, Liebes?" Theodor war sehr frech und intim, aber beide waren sehr gut befreundet und offensichtlich schien die Bemerkung der Wahrheit sehr nah zu sein. Theodor verteilte Luftküsse und Michel lachte schuldbewusst.

„Wie war die Vorstellung meiner Lehrerin?"

„Erfrischend." Das sagte sehr viel mehr aus, als Michel sich wünschte.

„Echt? So schlimm?"

„Warten wir ab. Sie spricht mit einem Kritiker und Myrte ist der Ohnmacht nah."

„Ich wollte früher vorbeikommen, aber wir waren bei seinen Eltern eingeladen, zu seines Vaters Geburtstag. Ich musste euch absagen."

Eivan, der Sicherheitsmann, versuchte ein Sektglas aus der Hand einer Frau zu nehmen, die offensichtlich ihr sechstes Glas nicht mehr gut vertrug. Sie lachte laut und torkelte etwas. Theodor bekam das mit und wollte schnell die Begrüßung zu Ende bringen.

„Selbstverständlich, Michel. Wir haben das vermutet." Theodor konnte dies sagen, ohne rot zu werden. Was sehr wohlwollend ausgedrückt war. „Mischt euch unters Volk. Heute wird es mit Sicherheit spät."

Eivan kam der leicht Betrunkenen an der Garderobe zu Hilfe, bevor er sie sanft hinausbegleitete.

Melissa war wieder im Raum und gewann durch die beglückwünschenden Worte der Ehrenwerten Sophie mehr Aufmerksamkeit der Presse. Mittlerweile befand sie sich in der Mitte einer Gruppe von Bewunderern. Myrte war sich unsicher, aber sie dankte für diese unerwartete Unterstützung.

Myrte wollte sich um das Bild der Ehrenwerten Sophie kümmern. Es war für sie ein großes Problem, weil sie die Dame weder kannte noch wusste, was für Hintergründe sie hatte, aber sie war an diesem katastrophalen Abend die Rettung gewesen. Sie fand niemandem vor dem Bild und die Besucher gingen zum Teil weg. Sie hatte sich bereits damit abgefunden, dass das Bild an diesem Abend nicht weggehen würde, als sie einen roten Punkt auf dem Schild sah.

„Lisa!", rief Myrte nach ihrer Assistentin.

„Wer hat das gekauft?"

„Ein anonymer Käufer hat vor ungefähr zwanzig Minuten über unser Auktionsportal gekauft."

Auf dem Internet-Portal hatte Myrte die Werke immer selbst auf Video kommentiert. Besucher konnten sich dort registrieren oder auch ohne Angaben zu ihrer Identität die Objekte kaufen. Myrte fiel ein Stein vom

Herzen und sie geneigt zu glauben, dass es irgendwo einen Gott gab, der sie mochte.

Die Massai-Gruppe stand weiterhin als Chor hinter Annegret, die gerade mit virtuosen Handbewegungen heilende Gebete über einer begeisterten Zuhörerin ausbreitete.

Myrte wollte vermeiden, dass ihre Ausstellung zu einer Esoterik-Messe wurde, und eilte hinüber zu Annegret.

„Ich sehe, dass sich alle amüsieren", begrüßte sie die Gruppe herzlich.

„Muntolu, nicht wahr? Ich habe meine Probleme mit ausländischen Namen." Myrte lachte und dachte über ihren eigenen Namen nach.

„Frank reicht vollkommen aus. Eigentlich ist Francis mein Name. Muntolu ist der afrikanische Name, auf den ich getauft wurde." Zu viele Informationen für Myrte, die an diesem Abend bereits genug Neues vernommen hatte.

„Der Abend war scheinbar ein Erfolg. Wegen der zer-brochenen Figur möchte ich mich entschuldigen."

„Nein, bitte." Frank hob seine Hand und breitete ein bezauberndes Lächeln aus.

„Könnten wir die Statuen aus dem Verkauf nehmen? Ich übernehme die Stornogebühren auf", fragte er.

„Warum? Die Ausstellung dauert noch sechs Tage." Myrte war ob dieses Vorschlags etwas verwirrt.

„Ich möchte, dass Annegret diese Statuen in unsere Praxis bringt. Es war eine Fügung der Götter, dass eine davon entzweiging, weil wir nur genau vier Plätze in der Praxis haben."

Myrte verharrte kurz sprachlos, als Theodor und sein Begleiter sich zur Runde gesellten.

„Das hatte ich eben Kurt gesagt. Es muss ein Zeichen in diesem Zufall gegeben haben, wir haben es am Anfang nur nicht erkannt."

Myrte war sprachlos und nun froh, dass der Vorschlag gekommen war.

„Sicher", murmelte sie, noch etwas unsicher.

„Lisa, kannst du bitte die Massai-Gruppe für Frank markieren?" Theodor übernahm die Lage.

Myrte schaute auf ihre Uhr und war froh, feststellen zu können, dass sie bald aus diesen Irrenhaus würde weggehen können.

„Meine Damen und Herren, der Abend ist bald zu Ende, noch fünfzehn Minuten bis zum Schluss. Ich bedanke mich für Ihr Kommen und für die nächsten sechs Tage sind wir täglich für Sie da."

An der Tür lief ein weiteres Drama ab. Die Dame mit dem Kinderwagen hatte ihr Kind in der Garderobe vergessen. Eivan lachte und versuchte das Paar zu beruhigen, und die anderen, die das Problem mitbekamen, lachten mit.

Die Musik spielte den letzten Takt von Marla Glen und die Ruhe gab den Gästen zu verstehen, dass die letzte Runde angesagt war.

Falsche Pelze, edle secondhand und bayerische Trachten-jacken gingen von der gestressten Garderobiere an die Gäste zurück. Das Trinkgeld-Sparschwein schien sich besonders über den spendablen Abend zu freuen.

„Es war ein fabelhafter, wenn auch etwas außergewöhn-licher Abend", bedankte sich der Reporter.

„Wir sind für Überraschungen sehr bekannt nicht wahr?", beendete Theodor den Satz mit einem fröhlichen Lachen. Obwohl er in dem Gespräch ungebeten kam, war Myrte froh, seine Unterstützung zu haben. Sie war am Ende ihrer Kräfte.

„Ich werde Ihre Bemühungen in der Wochenendausgabe würdigen."

„Ich hoffe, wir bleiben in Kontakt." Es war wieder die Ehrenwerte Sophie, die sich auch dazu gesellte.

Als der Reporter sich ihr für einen Abschiedskuss näherte, wich sie mit einem freundlichen Lächeln zurück.

„Ich will Sie nicht bei Ihrer Frau in Verlegenheit bringen." Und sie bot ihm ihre Hand mit einem koketten Lachen an. Er küsste flüchtig ihre Hand und verabschiedete sich.

Während der Reporter sich in Richtung Garderobe aufmachte, ging Sophie zur Bistro-Bar und Myrte blieb mit Theodor einen Moment lang sprachlos zurück.

„Was soll ich nun sagen? Diese Frau hat uns den Abend gerettet", bemerkte sie.

„Ich weiß nicht genau, Myrte. Im Nachhinein betrachtet fühle ich mich für diesen Unfall verantwortlich."

„Wieso?"

„Ich war in Panik geraten und habe den Ton schneller gedreht, um die Vorstellung schneller zu Ende zu führen. Mir war ihre Vorstellung eher peinlich. Ich verstehe nichts von japanischer Kunst und das war mir alles zu originell."

Myrte überlegte kurz und ihr war klar, dass man dies als Sabotage interpretieren konnte.

„Das war nicht fair von dir."

„Nein, und ich sehe das ein. Ich habe sie unterschätzt und unbewusst meinen Vorurteile freien Lauf gelassen."

Zum ersten Mal an diesen Abend gestand Theodor sich selbst ein, dass er einen Fehler gemacht hatte. Er hatte nur ihr Alter und Aussehen gesehen, aber ihre Qualitäten übersehen. Ihre Stimme konnte nicht mehr so klangvoll sein wie die einer jungen Frau und ihre Schritte mochten im Laufe der Jahre etwas an Grazie eingebüßt haben, aber ihrer Künstlernatur war sie treu geblieben.

Die weiteren Reporter im Raum beneideten den Kollegen, der sich verabschiedet hatte, da Sophie ihn offensichtlich bevorzugte. Nun war er weg und sie belagerten Melissa, die sich würdevoll verneigte und diesmal mit der Unterstützung von Theodor die zahlreichen Fragen und höflichen Kommentare der Reporter entgegennahm und beantwortete.

Myrte verabschiedete einige Gäste und vergaß nicht die wohlwollenden Kommentare zu Melissas neu entdecktem Talent.

„Wir bekommen bitte alle vier Statuen zurück, nicht wahr?" Annegret und Frank kamen von der Garderobe und wollten sich auch verabschieden.

„Aber klar und nochmals, bitte entschuldige diesen schrecklichen Unfall. Wie ich verstanden habe, lag es an der falsch eingestellten Musik. Wie dem auch sei, es ist alles in perfekter Ordnung. Frank, es war eine Freude. Übrigens, was für eine Klinik habt ihr?"

„Wir sind in der Liebe tätig." Frank schaute zufrieden zu Annegret hin.

„Es gibt Paare, die Tantra oder andere Alternativen suchen, um ihre Beziehung zu verbessern, was meistens in einer peinlichen Begegnung endet, von der sie sich für den Rest ihres Lebens nicht mehr erholen können. Wir haben eine eigene Technik entwickelt. Hier meine Karte." Der leichte französische Akzent von Frank war betörend und sehr charmant.

Myrte nahm die Karte entgegen und ihr wurde klar, warum Annegret so zickig war, aber es wurde ihr auch klar, dass sie sich in naher Zukunft eventuell über Liebe unterhalten sollten.

Da capo

Alle waren weg und auch die Bar war bereits zur Abholung bereit. Die Spots wurden von Anne und Lisa ausgeschaltet und nur das karge Hauptlicht verstreute sich im Raum. Der süße Duft von vergorenem Sekt, Putzmittel und Schweiß lag in der Luft. Verschiedene Damenparfüms mischten sich dazu und die Raumluft verlangte nach Erholung. Anne machte die Tür weit auf und ließ die Luft herein.

Der Lieferant mit freiem Bauchansatz parkte auf dem Bürgersteig und die Gebrüder luden schnell das Inventar und den Müll auf. Aufgrund der Reinigungsarbeit, die sie so schnell erledigten, sah für Myrte alles fast zu hektisch, aber doch sehr angenehm aus.

Der letzte Gast im Raum war die Ehrenwerte Sophie. Melissa ging mit Michel und seinem neuen Liebhaber die Straße hinauf und lachte voller Freude. Sie hatte offensichtlich ihr Ziel erreicht.

„Wir haben keine Gelegenheit gehabt, uns gegenseitig vorzustellen", sagte Myrte freundlich.

„Leider ist es schon spät, aber wir werden uns bestimmt wiedersehen."

Das war unnahbar und sehr reserviert und passte zu ihrer dick aufgetragenen Schminke. Myrte wusste, dass sie dieses Gesicht gut kannte, aber es fiel ihr nicht ein, woher.

Sophie, die ihren Schal aus der Garderobe geholt hatte, winkte allen freundlich und verabschiedete sich. Als sie durch die Tür ging, warf sie den Schal über den Rücken und er verfing sich leicht in einer Kunstblume auf ihrem

Haar. Als sie den Schal etwas herunterzog, zog sie ihre ganze Haarpracht mit. Es war eine Perücke.

Myrte fiel urplötzlich sein, dass Herr Brenner ja nicht selbst da gewesen war, aber sie verstand nun, dass sein Alter Ego, die Ehrenwerte Sophie, ihn bestens vertreten hatte.

Weitere Veröffentlichungen des Autors

Deutsche Romane

- Altreia, Drama, 1998
- Geheimnis der verdorrten Rosen, Mystery, 2009 – Reimo Verlag *
- Virtuelle Liebe, Kurzroman, Thriller, 2016 *
- Paloma, Kurzroman, Thriller, 2016 *
- Die Muse, Kurzroman, Erzählung, 2016 *
- Post Mortem Kino, Roman, Drama, 2016 *
- Die Heilerin, Roman, Thriller, 2017 *
- Geheimnis der verdorrten Rosen, Mystery, 2017 (neue Version) *
- Das Zauberspiegel des Eros, Roman, Thriller, 2017 *
- Das Tal, Roman, Thriller, 2017 *
- Jahreszeiten der Sünde, Roman, Thriller, 2018 *

Englische Romane

- Virtual Affairs, 2018 *

Deutsche Hörspiele

- Paloma, 2018

Kunstkataloge

- Geliebter Vater, 1995 *
- The new Artist, 1996 und 1997
- Liebe in Stücken, 2009 *
- Kunstkatalog, 2010
- Liebe in Stücken, Edition II, 2016 *
- Kunstkatalog, 2017 *
- Kunstkatalog, 2018 *

(*) Gelistet in der Deutsche National Bibliothek